지은이 리지 스튜어트(Lizzy Stewart)
런던에서 거주하며 일러스트레이터이자 글 작가로
활동하고 있습니다. 어린이 책 두 권을 펴냈고,
수많은 만화와 잡지에 글을 쓰고 그림을 그렸습니다.
에든버러 예술대학과 센트럴 세인트 마틴스를
졸업했습니다. 테이트 모던 미술관, 영국 국립 초상화
미술관에서 강의를 했고 골드스미스 대학에서
일러스트레이션을 가르치고 있습니다.

옮긴이 하얀콩
글을 쓰고 외국 책을 우리말로 옮기고 책을 만들며
개와 고양이들과 함께 지내고 있습니다.

걷는 여자

리지 스튜어트 지음 | 하얀콩 옮김

VISAGE
HAIR SKIN MAKEUP
FREE PARKING
VISAGE

난 도시를 걷는 여성들이 등장하는 영화 속 장면을 좋아한다. 특히 1980년대 뉴욕을 배경으로 걷는 장면(<제2의 연인Heartburn>의 메릴 스트립이나 <폴링 인 러브Falling in Love>의 메릴 스트립, <크레이머 대 크레이머Kramer Vs Kramer>의 메릴 스트립, <결혼 소동Crossing Delancey>의 에이미 어빙, <프랭키와 쟈니Frankie & Johnny>의 미셸 파이퍼, <베이비 붐Baby Boom>의 다이안 키튼 같은)을 좋아한다. 난 그들이 입은 품이 큰 외투와 패브릭 가방을 좋아한다. 느슨하게 걸쳐 입는 1980년대의 오버 사이즈 옷들은 그들의 걸음에 무게를 더한다. 물론, 더 최근 작품들도 있다(그레타 거윅이 출연한 영화들이나 <퍼스널 쇼퍼Personal Shopper>의 크리스틴 스튜어트, <이별에 대처하는 자세Appropriate Behaviour>의 디자이리 아카반이 등장하는 장면이 나오는 작품들도 있다). 이 영화들에 등장하는 여성들은 늘 독신이거나 스스로 독신이라고 생각한다. 영화들은 등장 여성들이 독신의 성을 해소하려는 욕망을 다루지만 그건 내 관심 분야가 아니다. 영화에서 걷는 장면들은 아주 쉽게 따로 떼어 볼 수 있다. 특별한 경우가 아니라면 우리는 등장 여성이 한 장소에서 또 다른 장소로 어떻게 이동했는지까지 알 필요는 없다. 굳이 몰라도 등장 여성이 걷는 장면을 제대로 느낄 수 있다. 등장 여성은 자신의 물건을 갖고 자신의 생각대로 세상을 걸을 뿐이다.

내가 생각하는 걷기의 조건은 매우 명확하다. 우선 길이 보행로여야 한다. 자동차에 치일 걱정을 할 필요도 없고 빠르게 달리는 택시에 놀라 '으악' 하고 소리를 지를 필요도 없는 보행로 말이다. 나는 보행로를 걷는 것을 좋아하고 늘어선 상점 앞을 걷거나 보행자들과 마주치는 것을 좋아한다. 어찌 보면 정말 평범한 걷기라 할 수도 있다. 이러한 모습들 중 일부는 도시의 변두리 지역에서 마주하게 된다. 만약 당신이 자주 드나든다면 부모님이 불안해 할 법한 다소 지저분한 외진 골목들 말이다. 앞서 말한 영화 속 등장 여성은 전혀 개의치 않고 그런 길들을 걷는다. 영화 속 여성은 그런 길들을 걸으며 지나가는 남성들의 위협에 신경 쓰지 않는다. 그녀는 그저 자신의 평범한 삶을 살아갈 뿐이고 삶의 현실에 대해 생각할 뿐이다. 나는 도시에서 홀로 지내며 자신의 삶을 온전히 살아 내는 그녀의 모습에 가슴이 뛴다.

나 역시 영화 속
여성들처럼 내 삶을
걷는다. 나는 역과
내 스튜디오까지
걸어간다. 공원 주위와
소호 주변, 멋진 집들이
늘어선 거리를 돌아다니고
덜 멋지지만 평범한 우리
집 근처를 걷는다.

때때로 나는 나를
둘로 나눠 본다.
앞으로 나아가는
여성과 뒤로 물러서는
여성의 모습으로.
내가 과연 어른처럼
보이는지, 어른다운
삶을 살아가고 있는지
궁금하다.

내 모습이 피곤해 보일까? 늙어 보일까? 나는 늘 내 또래들과 내가 똑같아 보인다고 생각해 왔다. 전에도 지금도…….

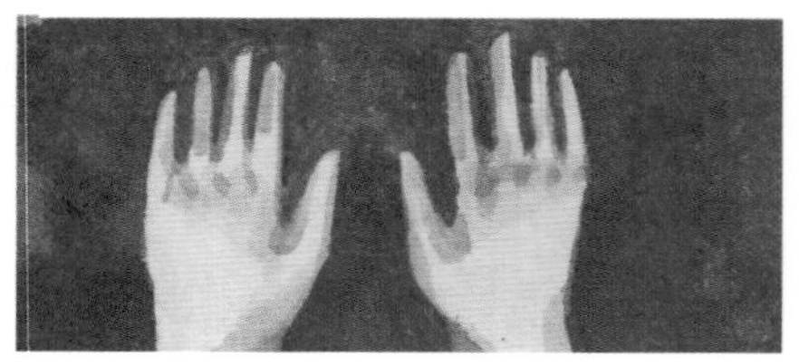

그게 무슨 의미가 있을까? 곧 새치가 생길 것 같기는 하지만 아직은 없다. 손등 피부를 밀면 앞으로 생길 손가락 마디의 잔주름을 미리 볼 수 있다. 기분이 묘하다. 내 손은 언제나 가늘고 길고 우아해 보였는데 말이다. 나는 내 손이 좋다. 10년 후에는 어떻게 생각할지 모르겠지만.

나는 서른 살이었던 엄마를 생각한다. 그때 나는 다섯 살이었고 내 동생은 세 살이었다.

우리는 생일 파티를 했다. 엄마는 커다란 배지를 달고 있었다. 나는 서른 번째 생일날 친구들과 단골 술집에서 술을 마셨다. 친구들이 선물을 주자 나는 눈물이 나는 걸 참았다. 우리는 심야 버스를 타고 집으로 갔다.

엄마가 30대 초반에 입던 옷들을 지금 나와 친구들이 입고 있다. 테이퍼드 진과 오버 사이즈의 가을 점퍼 그리고 은 액세서리. 롤업이 되고 색이 바랜 '맘 진'은 우리의 젊음을 상징하며 전 세계적으로 '맘'이라는 단어를 쓰지 않는 나라에서도 '맘 진'이라 불린다. 내가 엄마가 서른한 살 때 입던 옷을 입는 것은 엄마가 당시 느꼈던 감정과 지금 내가 느끼는 감정 사이의 연관성을 찾고자 해서일까? 아니, 아마도 그런 건 아닐 거다. 나는 그저 주기적으로 되풀이되는, 최악의 경우에는 게으르게 반복되는 패션을 따르고 있을 뿐이다. 그래도 천 조각에 불과할지 모르지만 집을 나서면서 엄마와의 어떤 연결 고리를 느낄 수 있어 참 좋다. 나는 우리가 단지 여자라는 이유를 들이대거나 유전학과 가족사의 광기에 얽매이지 않는다면 우리가 여전히 친구일 수 있으리라 생각한다.

나는 걸으면서 내 시간에 대해 찬찬히 돌아보고 보내야 했던 이메일을 보내지 않았거나 마감일을 놓친 제출 서류가 있다는 사실을 기억한다. 나는 이러한 생각들을 실내에서는 도저히 할 수가 없다. 오로지 실외에서만 가능하다. 물론 실외에서도 곧 흥미로운 어떤 것을 발견하고 정신이 팔리기도 하지만 말이다.

내가 명석해지기는 어려울 듯하다. 내 시선은 이곳저곳으로 옮겨 다닌다. 디지털 화면을 게으르게 스크롤하면서 세상과 교감하고 있다고 스스로를 반쯤 속인다. 세상의 빠른 속도를 좇는 것은 좋지만 사실 새로운 정보에 따라 행동을 취할 때에만 건설적이라 할 수 있다. 나는 새로운 정보를 좇는 내 모습이 쓸모없어 보이는 걸 알지만 어쩔 수가 없다. 때로는 불필요한 물건들로 여행 가방을 꾸역꾸역 채우는 모습과 같은 듯해 걱정스럽기도 하다.

특히 인터넷은 나를 얽매이게 하고 기본적인 수준을 갖춘 사람이 되려면 해독해야 할 것들로 둘러싸인 구석으로 몰며 압박한다.

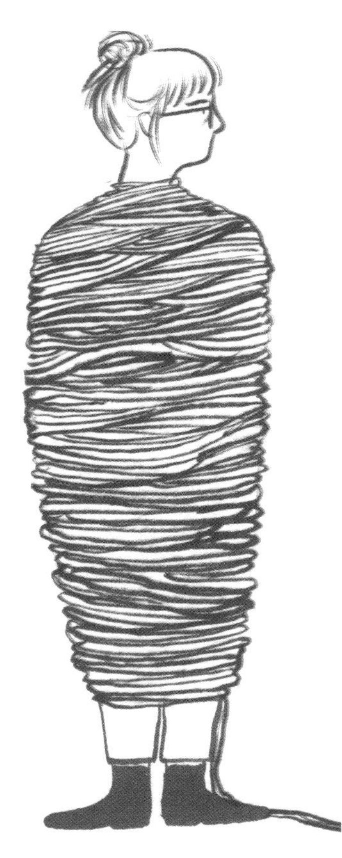

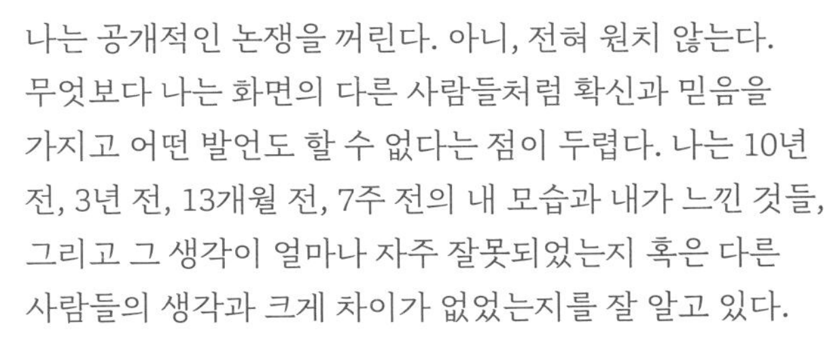

나는 공개적인 논쟁을 꺼린다. 아니, 전혀 원치 않는다. 무엇보다 나는 화면의 다른 사람들처럼 확신과 믿음을 가지고 어떤 발언도 할 수 없다는 점이 두렵다. 나는 10년 전, 3년 전, 13개월 전, 7주 전의 내 모습과 내가 느낀 것들, 그리고 그 생각이 얼마나 자주 잘못되었는지 혹은 다른 사람들의 생각과 크게 차이가 없었는지를 잘 알고 있다.

나는 우리가 한 집단 또는 다른 집단을 공개적으로 설명하거나 무엇이 **절대적이고, 올바른 행동**인지를 말할 때 절반으로 나뉜 각각의 입장만을 따르는 것은 아닌지 염려된다. 우리 편과 그들 편으로 나뉘어서 말이다. 그리고 우리는 상대편에 대한 공격성과 혐오를 드러내고 그들을 각성하게 하기보다 탓하기만 하는 게 아닌가 걱정스럽다.

그리고 나는 그런 내 태도가 단순히 사람들이 잘못된 정보로 실수를 한 것뿐이고 그런 실수에 사람들이 너무 **지나치거나 공개적으로 수치심**을 느끼지 않고 그저 부끄러워하는 세상에 살고 싶다는 의미로 비춰지기보다 그들을 향한 혐오와 괴물의 옹호자로 보이게 하지 않을까 염려된다. 하지만 그런 관계가 이미 형성되었고 나는 그것에 박혀 나를 빼낼 실을 찾을 수가 없다.

주택 문제가 얼마나 끔찍한가.
정치는 또 어떤가.
가부장제는 또 얼마나 끔찍한가.
트위터는 또 얼마나 나를 슬프게 하는지.
세상을 즐겨야 하는데 팟캐스트나 유명 TV 프로그램을
따라가지 못해 허덕이고 인터넷에서 시간을 낭비할 수는 없다.
세상이 너무 놀라울 속도로 가열되는 듯하다.
국민건강보험은 해체되고 있다.
인종차별은 어디에나 존재하고 있는데 그렇지 않은 척하고 있다.
멈춰야 할 때가 이미 오래되었는데 말이다.
트랜스포비아는 단지 살려고 노력하는 한 인간의 자율성과
자기인식을 부정한다.
예술은 교육에서 밀려나고 있다.
내가 아는 여성들은 모두 성희롱이나 성폭행을 당했다.
도서관은 과연 살아남을 수 있을까?

But then, how
do you live?

그럼, 어떻게 살아야 할까?

나는 그 모든 것들을 마주 본다면 아마 미쳐 버릴 것이다. 하지만 마주 보지 않는다면
다른 세상에 사는 척할 수 있고 절망하지 않을 수 있다. 소수의 사람들은 실제로
그런 사치를 누린다. 그러나 대부분의 사람들은 날마다 이러한 일들을 직면해야 하고
그 안에서 그리고 그 주변에서 삶을 살아야 한다. 내가 할 수 있는 최소한의 것은
이러한 일들을 인정하는 것이다. 적어도 나는 그렇게 한다.

우울증이 검은 개라면, 세상의 사건들은 집에 갇힌 까마귀와 같다. 까마귀는 공포에 질려 비명을 지르며 이 방에서 저 방으로 옮겨 다닌다. 까마귀는 잠시 멈췄다가도 금방이라도 창문에 부딪혀 퍼덕이며 우리를 쉬게 하지 않는다. 까마귀는 모든 일을 통제한다. 나는 까마귀와 함께하는 삶을 배우고 싶지 않다.

지인이 임신을 했다. 그다지 놀랄 일도 아니다. 나는 1년 전에 그녀의 결혼식에 참석했고 주변에 아기들과 임신부들이 많았다. 그런 점에서 그녀가 속한 사회 집단은 매우 **정상인 궤도**에 오른 듯했다. 인스타그램의 사진을 통해 그녀의 임신 사실을 알게 되었다. 그 사진은 페이스북에도 올랐고 나는 두 번째로 '좋아요'를 누르며 그녀를 지지하는 마음을 전했다.

사진을 본다. 나는 그녀가 잘돼서 기쁘기도 하지만 기분이 이상하기도 하다. 주의 깊게 보지 않으면 잘 알아채기 어려울 정도로 아주 작은 생명체는 자애로운 몸에 나타난 일종의 공포로 느껴진다. 이렇게 작은 생명체가 당신 지인의 몸속에 있다고 생각해 보라. 당신의 친구들 몸속에도 이런 생명체가 자랄 수 있고, 친구들은 이로 인해 행복을 느낄 수도, 슬픔을 느낄 수도 있다. 아니면 둘 다 느낄 수도 있겠고.

솔직히 내가 임신에 대한 철없는 생각을 떨쳐 냈는지는 잘 모르겠다. 어렸을 때는 드라마에 나오는 임신부 역할을 맡은 배우처럼 마른 배를 내밀며 엄마 흉내를 냈다. 좀 더 커서는 임신을 비행의 하나로 여겼다. 세상은 소녀들에게 임신을 엄격하게 판단하도록 했다. 둘 다 맞다고 볼 수는 없지만 난 여전히 임신 소식을 접하면 드라마의 이미지와 일탈이라는 이미지가 함께 떠오른다. 서른에 접하는 임신 소식은 타당하고, 즐겁고 시기적절한 결정이라고 생각한다.

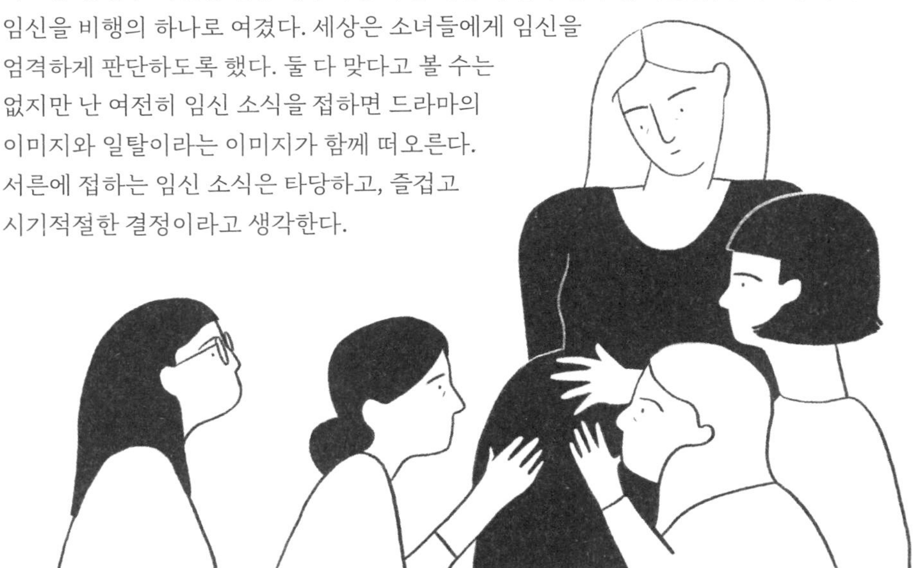

나는 임신부를 보면 경외감이 든다. 임신부를 우리와 다른 종족이라 생각한다. 이를테면 생산 능력이 있는 신체를 지닌 지위 높은 슈퍼 우먼이라고 말이다. 우리가 어떻게 엄밀히 같은 존재일 수 있는지 궁금하다. 당신 몸속에서 한 인간이 성장하고 있는 느낌과 아이를 키우는 느낌을 당신은 알고 있을 수도 혹은 알지 못할 수도 있겠다. 이 모든 것들을 알면서 우리가 예전과 같을 수 있을까? **당신**은 상상 속 관계를 맺고 있는 엄마다. 나는 그들이 다른 사람을 성장시키고 또 유지할 수 있게 한다는 사람들의 확신에 겁을 먹었다. 그러고 나서 누가 그들이 확신을 갖는다고 했지?라는 생각에 기분이 상했다. 그들이 일주일 후의 미래를 상상하는 데 고군분투하지 않는다고 그 누가 선뜻 말할 수 있을까?

머지않아 나는 내 몸에 다른 사람을 위한 공간이 있는지, 내가 이미 너무 많은 공간을 차지하고 있는지 생각하며, 그 상태를 유지하는 데 집중해야 할지 결정해야 할 듯하다.

아이들뿐 아니라 차, 집, 승진과 관계없이 '어른'이 된다는 건 어떤 의미일까? 나는 직장인이고 수입과 집세를 스스로 관리하지만 결혼을 하지 않았고 아이도 없다. 그렇다고 해서 내가 일을 제대로 하지 않고 수입과 집세 관리를 제대로 못한다고 할 수 있을까? 결혼을 하지 않았고 아이가 없다는 것이 내 결점일 수 있을까? 그저 내 스스로 만든 어리석은 기준으로 인해 어른으로서의 삶을 제대로 살지 못하고 있다고 느끼는 것일까? 경험으로 인한 판단일까? 제발 그런 건 아니길 바라지만, 아마도 내 주변 사람들이 나를 부족하다 여기는 것보다 나는 좀 더 나은 사람일 것이다.

다른 일들의 기준은 어디에 있을까? 우리 삶을 우리 삶답게 만드는 것들은 어디에 있을까? 많은 결혼생활보다 오래 지속되는 우정, 슬픔을 이겨 내는 것, 어려운 이별을 마주하는 것, 더 쉬운 길이 있음에도 불구하고 흔치 않은 삶의 길을 택하는 것. 마음을 바꾸는 일이 언제나 괜찮다는 것을 처음으로 깨달았다면, 휘장이라도 만들어야 할까?

잘하고 있어.

가장 확신을 가질 때 런던 거리를 걷는다. 나는 빠른 길, 경치가 좋은 거리, 바쁜 상점들이 줄지어 있는 골목길, 화장실을 이용할 수 있는 영화관이나 박물관으로 가는 가장 빠른 길을 알고 있다. 헝거포드다리는 런던이 빛을 잃었을 때 가야 하는 곳이고, 리치먼드의 테라스는 여름휴가 때 찾아야 하는 곳이며, 심야 버스는 최고와 최악의 생각이 교차하는 곳이다. 내가 런던으로 이사하자 친구인 톰이 '런던이 그렇게 섬 같지는 않아.'라고 말했다. 나는 그 말을 마음에 새겨 걷고 또 걸었고 런던의 정맥과 심실을 함께하며 돌아다녔다. 나는 목표를 가지고 걷는다.

나는 블룸즈버리 거리를 지날 때마다 버지니아 울프가 얼마나 밤 산책을 좋아했는지를 떠올린다. 그녀는 밤 산책을 하기에는 겨울이 가장 좋다고 했는데 그녀 말이 맞았다. 든든히 챙겨 입고 익명으로 따뜻하고 사교적인 곳으로 가는 길이라는 글을 남겼는데 익명성은 런던 최고 장점이자 단점이다. 나는 익명성을 유지하며 새로운 동네 어디까지든 걸어갈 수 있어 안도한다. 조금 슬프기도 하지만 나는 사람들 무리 속으로 사라져 눈에 띄지 않을 수도 있다.

지하철역을 누빌 때가 익명성을 누리기에 가장 좋다. 나는 개찰구에서 카드를 찍으며 여행 중인 관광객들과 가족들을 본다. 개찰구는 종종 '내가 여기 있고, 아무도 모르는 런던 성인 여성'이라는 사실을 깨닫게 하는 곳이다. 그건 세련되지 못한 생각일 수 있지만 사실이다.

BOOK

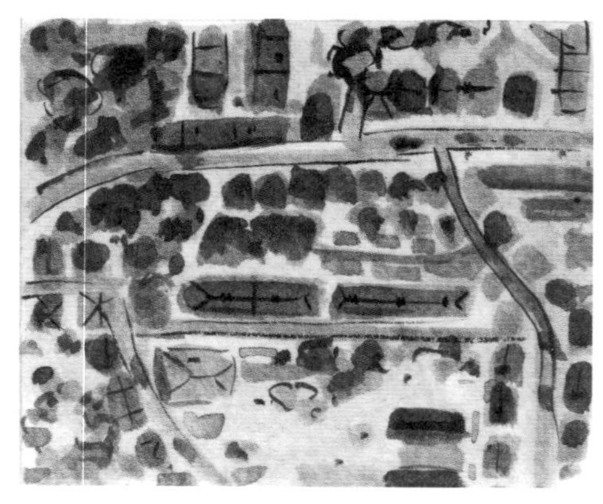

나는 다시 한 번 엄마를, 30대의 어린 엄마를 떠올리며 이 도시가 구불구불하게 펼쳐진 끝없는 기회의 장소가 아니라 최대한 적은 혼란을 겪으며 풀어야 할 문제의 장소라는 점을 알게 되었다. 나는 아름다운 언덕을 지나는 긴 길로 다른 마을과 연결된 마을에서 차를 마련해 살고 있는 동생을 떠올렸다. 그 마을의 길들은 불이 잘 들어와 있고, 가장 빠르기도 하며, 가장 느리기도 하다. 그 길들은 아름다움에 주목하면서 지날 수 있고 도시에서처럼 상세한 지도가 필요 없다. 그 마을 사람들에게는 도시에서 다소 이상하고 약간 이기적인 삶을 살아온 나는 익히지 않아도 되는 다른 것들을 위한 지도가 있다.

그리니치에 있는 대저택 뒤쪽의 깔끔한 작은 골목을 지나면서 나는 놀라운 자율성과 어떤 힘이 밀려오는 것을 느꼈다. 나는 그것이 그곳에 있다는 것을 알고 있었고, 또 그것이 어디로 이어지는지 알고 있었다. 도시에서 여성 보행자로 걷다 보면 전투적이고 피곤할 수도 있지만, 때로는 나 스스로 책임자라는 점을 상기하게 되고 그것은 항상 나를 앞으로 나아가게 한다.

나는 내 삶의 형태를 찾으려고 노력 중인 듯하다. 그건 어찌 보면 불필요한 일이겠지만
나는 끊임없이 내 삶의 형태를 찾는 데 열성을 기울이는 것 같다. 난 무얼 하고 있는 것일까?
대략 같은 공간에속한 사람들에게 내가 어디에 있는지 설명하려고 여기 있는 것일까?

자기응시의 궁극적인 목적은 무엇일까? 내가 끝을 맺을 곳은 어디일까? 불가능하고 불편하고 대체로 어울리지 않는 곳일까? 나는 여기서 내 삶의 모든 시간을 보낼 수는 없다. 내 몸이 아프고 힘들 것이기 때문이다. 밖을 봐야겠다. 내 얼굴을 계속 그리면서 그 속에서 진실을 찾길 바라지만 소용없는 일이다. 나 스스로 세상을 보는 내 시야를 가리는 존재가 되고 싶지는 않다.

난 도시를 걷는 여성들이 등장하는 영화 속 장면을 좋아한다. 나는 그들이 혼자이고, 활기가 있으며, 대개 멋진 코트를 입고 있는 점이 좋다. 비록 그들이 전체 큰 이야기의 일부이더라도 때로는 웅장한 장면 또는 사소한 장면에 속할지라도, 그들이 등장하는 그 몇 초 동안 그들은 줄거리의 얽힘과 매듭에서 빠져나와 그들 삶의 소음을 잠재우고 잠시 사라지게 하면서 도시에 집중할 수 있도록 하는 단순한 존재로 등장한다.

나는 걷는 것에 대해 많이 생각하고 걷는 것이 왜 나를 분명하게 바라보게 하는 유일한 방법인지 알아내려 애쓴다. 나는 그것이 불확실한 사람인 나를 확고하고 능력을 갖추고 전진하게 만든다고 생각한다. 나는 걷는 것이 나를 머릿속을 떠나 세상으로 나오게 하기에 좋아한다. 걷기는 내가 삶에 참여할 수 있는 가장 확실한 방법이고 내가 할 수 있는 최선이다.

부록

1. 영화의 특징은 고통스러운 진실을 일부 생략한다는 점이다.

메릴 스트립은 성희롱을 당하지 않는다. 그녀가 지나갈 때 아무도 그녀에게 '같이 뒹굴자'고 웅얼거리지 않고, 그녀가 그런 말을 무시해도 '개년아'라면서 침을 뱉는 사람은 없다.

미셸 파이퍼는 딸깍 소리를 내며 야유하는 한 무리의 남자 옆을 지날 때 코트 안으로 몸을 움츠리지 않는다.

그리고 에이미 어빙은 그녀보다 열 걸음 뒤에 있는 남자가 자신을 쫓아오지 않는지 신경 쓰지 않고, 문 앞에서 열쇠를 미친 듯이 찾으며 그의 손에 5명이 죽었으리라는 생각은 하지 않는다.

내가 언급한 영화에는 유색인종인 여성이 등장하지 않는다. 스파이크 리 감독의 <그녀는 그것을 좋아해She's Gotta Have It>에 등장하는 놀라 달링(트레이시 카밀라 존스 분)이 떠올랐다. 영화에는 그녀가 식료품을 들고 아파트를 향해 브루클린 거리를 걷는 장면이 나온다. 짧은 순간 미래의 연인이 그녀를 지켜보는 장면이다. 그가 그녀를 지켜보고 있다는 사실이 분위기를 바꾼다. 잘 모르지만 유색인종인 여성이 서양의 도시를 걷는 것은 아마도 나와는 다른 경험일 테고 내가 결코 만나지 못할 어떤 장애물을 마주쳐야 하는 일일 것이다.

우디 앨런 감독의 <한나와 그 자매들Hannah & Her Sisters>도 좋아하는 영화 중 하나다. 하지만 다시는 볼 수 없는 영화이기도 하다. 내가 괴물이 만든 예술에 대해 어떻게 느껴야 하는지, 그 제작자와 함께 정말로 잊어야 하는지 아닌지를 결정하도록 강요하기 때문이다. 대신 바바라 허쉬가 파란색 더블 코트를 입고 맨해튼을 거닐던 모습은 기억해야겠다.

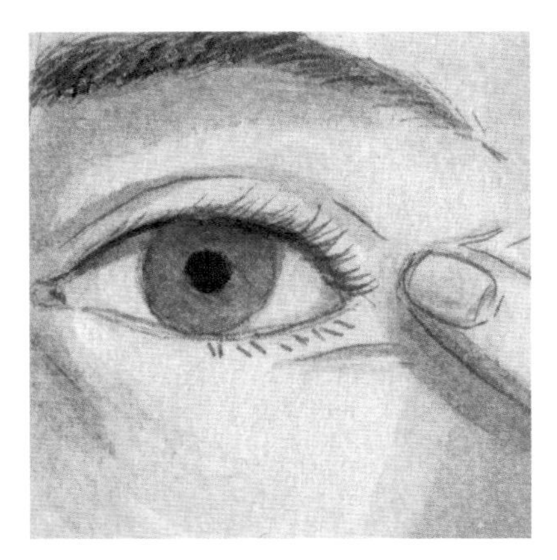

2. 내가 이 글을 쓰기 시작했을 때는 서른한 살이었지만 날이 밝으면 서른두 살이 된다. 내가 지금 느끼는 것 중 어느 정도가 여전하게 느껴질지 궁금하다. 우리가 성장하는 방향이 조금이라도 변하는 시점을 정확히 짚어 내기는 어렵지만, 그 변화는 우리의 과거 목소리를 마치 낯선 사람의 목소리처럼 느끼게 할 수 있다. 1년 뒤에도 지금과 거의 같은 사람이었으면 좋겠는데 그럼, 누가 뭐라고 할까? 어쩌면 그러거나 말거나 아무 의미가 없을까?

이 모든 게 무슨 소용일지 모르겠다. 난 아마도 누군가와 '관계'를 맺겠지만……, 그게 무슨 관련이 있을까? '엉뚱한 짓'을 하고 있다는 생각도 들지만 우리 대부분은 그렇게 산다는 걸 모두 알고 있지 않을까? 나는 내 삶이 특별히 보편성을 띤다고 주장하고 싶지는 않다. 하지만 그렇다고 내 경험이 특별하다고 말해야 하는 것도 아니지 않나?

언젠가 누군가가 나의 이 작업을 두고 '**여성이 되기**'에 관한 것이라 말할 수도 있다. 난 쭈뼛거리겠지만 그 말에 부정하며 이 글은 진실로 내가 **명확히** 한 인간이 되는 것에 대해 썼다고 주장할 수 있는 유일한 작업이라 말할 것이다. 내가 지금 그 모든 노력들에 대해 불편함을 느낀다면 그건 내가 암울한 개인주의자이기 때문일 것이다. 그래서 나는 지금 미숙하게나마 영광스럽고, 복잡하고 때로는 끔찍한, 감히 내가 언급할 수 없는 다른 많은 여성들의 존재를 인정해야 한다.

3. **“음악에 대해 글을 쓰는 것은 건축에 대해 춤을 추는 것과 같다.”*** 그리고 상황에 대해 말하는 것은 머리를 벽에 반복해서 부딪치며 두통이 낫기를 바라는 것과 같다
(게다가 벽에는 압정이 잔뜩 꽂혀 있다). 자기응시와 밖에서 나를 바라보는 것은 비슷하다. 하지만 그것은 그렇게 생산적이지 못하다.
갈수록 ‘**나는 완전히 미치지 않고 내 삶을 살려고 노력한다**’는 것은 좋은 자세가 아닌 듯하다고 생각한다.
적어도 지금은 그렇다. 만약 정말 우리가 미쳐야만 변화를 꾀할 수 있다면? 반대, 분열, 반란에 패배한 세대는 놀라울 정도로 눈에 띄지 않는다. 그런데 반대, 분열, 반란은 강력한 백인 남성들이 **문자 그대로 모든 것**을 파괴하는 것을 막기 위해 지불해야 할 작은 대가일 수도 있다.
그래서 나의 일부분은 명확한 진술을 할 수 없는 나 스스로의 무능함으로 마비되었다고 느끼면서도 동시에 확실히 소리를 지르고 있다고 느낀다. 마치 모든 것을 태워 버리는 것처럼 말이다. 어쩌면 그것이 ‘**나 자신을 벗어나 세상으로 나아가는**’ 과정의 일부가 될 수도 있지 않을까?
아마도 그 걷기는 이제 행진일 것이다.

* 희극 배우인 마틴 멀이 이 말을 처음 한 듯하다.
그는 <미녀 마법사 사브리나>에서 교장 역을 맡았다.

걷는 여자

발행일 초판 1쇄 2022년 1월 25일
지은이 리지 스튜어트
옮긴이 하얀콩
편집 김유민
디자인 이진미
펴낸이 김경미
펴낸곳 숨쉬는책공장
등록번호 제2018-000085호
주소 서울시 은평구 갈현로25길 5-10 A동 201호(03324)
전화 070-8833-3170 **팩스** 02-3144-3109
전자우편 sumbook2014@gmail.com
홈페이지 https://soombook.modoo.at
페이스북 /soombook2014 **트위터** @soombook

값 13,000원 | ISBN 979-11-86452-79-0
잘못된 책은 구입한 서점에서 바꿔 드립니다.

함께 걷기 가장 좋은
에이버리 힐, C.B, E.K,
J.S x 2, JW와 오웬에게
특별히 진심으로
감사하다.